버려진 것들은
누군가를 기다리고

김종휘
시집

버려진 것들은
누군가를 기다리고

솔
시선
25

어머니는 태몽 이야기를 자주 해주셨다.
그래서 나는 나를 기대하며 살았다.

굿을 하던 무당이
일곱 살이면 죽는다고 공수를 내렸다는데
할머니의 정성으로 살았지만
낯선 곳에 버려진 아이처럼 홀로 쓸쓸했다.

아픈 내가 할 수 있는 건
책을 읽거나 꿈을 꾸는 일이었다.
마음 깊은 곳에 남아 있던 슬픔이
시가 되어 돌아왔다.

시는 내 몸과 마음의 상처를 치유하고는
세상에 버려진 더 작은 생명도 사랑하라 한다.
늘 함께해주신 하나님과
이끌어주신 선생님들께 감사드린다.

| 차례 |

3부

1부

그날의 풍경

터널을 나온 철로에서 총총 뛰어노는 참새들
아직 어린것들이다 이별을 경험하지 못했겠다

저 나이쯤에 우린 수업을 빼먹고 야간열차를 탔다
엄마의 놀란 눈이 데굴데굴 기차를 따라왔지만
우릴 태운 기차는 콧노래를 부르며 다른 세상을 향해 달
려갔다

창가에 희끗희끗 초라한 마을 몇 개를 세워 두고 기차는
우릴 바닷가 작은 역에 내려 주었다 우린 모래밭에 앉아
추위와 허기를 참으며 아무나 볼 수 없다는 일출을 목격
했다
그날의 풍경은 내 영혼 깊은 곳에서 가끔 나를 깨운다

그 바다의 숨결 한 자락이라도 만나보고 싶은 날
나를 데리고 그날의 풍경을 찾아간다

풍경은 그 자리에 남아 또 다른 풍경을 만들고 있다

빈 의자가 홀로 앉아 있다
사랑을 금기로 삼고 살아야 하는 의자에겐
어떤 사랑의 기억이 있었는지 묻지 않았다

터널 끝에 또 다른 터널, 터널, 터널들
얼마나 많은 터널을 지나야만 나의 이별은 끝이 나는 걸까
귀가 멍해질 때마다 침을 삼켰다

기차가 지나가 버린 철로는 다시 참새들의 시간
어린것들이라 아직 죽음이란 낱말을 익히진 못했겠다

새소리 모자

지난겨울은 유난히 춥고 어두웠습니다
숲의 초대를 거절할 수 없어 찾아왔지만, 더 괴로운 건
고요한 숲속에서 매일 싸우는 새들의 울음소리였습니다
혼자 눕기엔 너무 큰 방과 넓은 창문
언제 뛰어들지 모르는 산짐승들
친구라곤 벽에 붙은 오래된 TV와 낡은 옷장뿐이었습니다
연한 바람이 숲을 찾아들면서
산비둘기 울음도 그쳤습니다
방문 앞으로 쪼르르 달려와 말을 거는 참새들과
나를 그냥 지나치지 않는 바람과
혼자 피어지는 모감주나무와 자귀나무 꽃이
나의 헐벗은 시간을 지우고 갑니다
새들이 산벚나무에 앉아 종일 노래를 부릅니다
나는 새들의 노래로 모자를 짭니다
산을 깨우는 부엉이의 노래로 코를 만들고
산까치의 노래로 모자의 둘레를 짭니다
열정적인 곤줄박이의 노래로 챙을 만들고
고요하게 우는 동고비의 눈물로 방울을 맵니다

딱새의 짧은 노래는 박새가 길게 이어 마무리를 합니다
오지 않을 당신을 위해 난 기꺼이
올 겨울에도 새소리 모자를 산벚나무에 걸어 두겠습니다

비 오는 날에

종묘 앞 염상섭 동상이 비를 맞고 앉아 있다
우산을 씌워 드리려고 다가서자
가던 길이나 가라며 손을 내젓는다

종묘를 지키는 키 큰 나무들
빗방울 받아 내는 소리 우렁차다
숲과 숲이 길을 내어 만든 육교를 건너
창경궁으로 들어서니 뼈만 앙상한 주목 한 그루
새까맣게 그을린 몸뚱이로
눈꽃 피워 올릴 겨울만 기다리고

나는 통명전 마루 끝에 앉아
허리 굽은 소나무에게 누구를 기다리느냐고 물었다
내 목소리는 곧 빗물에 떠내려가고
떠내려가던 빗물에서 소리가 들린다
그런 자네는 누구를 기다리시는가?

까치가 파르르 떨며 마루 밑으로 들어가고

토방 끝에선 비둘기 한 마리 졸린 눈으로 비 구경을 한다
멧새는 비둘기 옆에서 묵상하고
나는 멧새 옆에서 종일 너를 기다렸다

클레로덴드론

심호흡으로 살릴 수 있는 건 환자만이 아니다

화분과 어울리지 않게 거실 구석에서
흰 꽃잎에 붉은 수술을 달고 살짝 피어난 덴드론
이사하면서 분갈이를 해주었더니
잎이 떨어지고 가지도 시들시들 시들어간다

죽어가는 덴드론을 서늘한 욕실 창가에 두고
매시간 물을 뿌려 주었지만 소용이 없다
신혼 초 매일 못 살겠다고 떼쓰는 내게
지성이면 감천이라고 다독이시던 아버님 말씀이 생각
났다

닫힌 덴드론의 마음이 열리기를 기다리며
매시간 덴드론의 코에 생기를 불어넣었다
눈앞이 캄캄해지고 별들이 사방으로 날아다닐 때까지
오직 살려야 한다는 사명감으로 가득 찬 수련의처럼

보름쯤 지나자
시들어가던 덴드론이 자가 호흡을 시작했다
주름살이 펴지듯 시들었던 잎새마다 생기가 돌고
가지들이 파릇파릇 날갯짓을 한다

허적허적 살고 있던 내게 덴드론이
내년엔 함께 환하게 꽃이나 피워보잔다

빨래

밤새 뒤척이다
문득 찾아낸 생각 하나
마음도 세탁기에 넣고 빨면 새것처럼 될까

그리움도 오래 묵히면 때가 되는지
새롭게 찾아오는 계절도 외면하고
두꺼운 어둠 속에 갇혀 살았다

겹겹이 찌든 때가
저녁노을처럼 붉은 잿빛이다

미지근한 물에 세제 반 스푼
베이킹 소다 한 스푼을 넣고
45분 세탁 시간을 맞추고 on을 누른다

세탁기 호스를 타고 쏟아지는 붉은 물줄기
외로운 셔츠 하나 죽어라 흔들더니
찌든 때 말끔하게 벗겨내고

마지막 헹굼에선 휘파람을 불고 있다

볕이 잘 드는 곳에 널어 두면
바람이 전해주는 봄소식에 꽃을 피우려나?

부탁

생과 사를 넘나들던 친구가
삶에 대한 긍정을 위해
강하면서 어렵지 않은 시집 한 권 사오란다

몇몇 지인에게 문자로 부탁을 드렸지만
한나절이 지나도 소식이 없다

어떤 시집을 권해 주어야만
병마를 이기고 일어설지 몰라
서점에 자리를 잡고 앉아 시집들과 싸움을 하다가
정현종 시인의 『그림자에 불타다』란 시집을 샀다

돌아오는 차 안에서 문자의 답은 받았지만
황동규 시인의 『담백한 기쁨』과
함민복 시인의 『말랑말랑한 힘』은
제목만 가슴에 담기로 했다

집에 돌아와 책장을 둘러보니

밑줄을 그으면서 읽었던 시집이다
바쁘다는 핑계로 듬성듬성 읽었던 시들이었는데
한편 한편이 친구를 두고 쓴 시다

병마와 싸운 게 친구만은 아니었나 보다
매일 들려오는 불온한 소식들로 나 또한
생과 사 그쯤에 서 있었나 보다

그 역은 지금

내 몸 어딘가에 역 하나가 지어졌다
아무도 오갈 수 없는 갇힌 역이다

그곳에 머물러 누가 살고 있는지
가끔 기차를 타고 온 바람이
기차표 대신 소문 하나 내려놓고 간다

그곳은 여름에도 눈이 펄펄 내리고
한겨울에도 매미들이 떼 지어 울곤 한다는데

왜 나는 몰랐을까?
서쪽 하늘이 붉은 울음을 토하고 나면
어스름이 저 혼자 쓸쓸히 집 한 채 짓는다는 걸

누군가를 기다리느라 서성이다가
길가에 뿌리 박힌 채 늙어가는 역 간판들

너를 보낸 자리에

아무도 오갈 수 없는 역 하나
내 몸안에 지어졌으니

해후

야베스 사람들은 사울 왕의 뼈를 에셀나무 아래 장사하고
나는 어머니를 소나무 숲 언덕 중앙에 모셨다

인적이 드문 숲 속에서
먼 바다를 내려다보시며
아버지는 혼자 오랫동안 쓸쓸하셨겠다

어머니가 아버지 곁에 묻히던 날
내게 늘 빈칸으로 남아있던 아버지의 자리에
비로소 그 이름 석 자를 적어 넣게 되었다

간간이 내리는 비를 맞으며
붉은 흙을 파내려 가던 인부들의 손길처럼
어머니의 일생도 저렇게 붉었던 걸

어머니의 세상살이가 그렇게
하루가 십 년같이 녹록하지 않았음을
이젠 아버지도 아셨을까?

초례상에서 신부를 훔쳐보는 신랑처럼
옆에 누울 어머니의 무사귀환을 바라보시던
아버지의 눈길 때문인지 등이 가려웠다

두 분은 다시 신혼처럼 손잡고 누워
못다 한 사랑을 시작이라도 할 것처럼
산기슭 안개를 끌어당겨 봉분을 덮는다

부석사에서

마른 단풍잎에 내려앉아 꽃이 되는 눈송이들
눈 속에 피는 매화꽃처럼 아름답다
돌층계를 오르며 자꾸 다리가 꺾였다

누가 저 보자기를 풀었는가
안양루 서까래를 눈 비비며 바라본다
부처님은 어딜 가셨는지
그저 컴컴한 허공이다

숨 가쁘게 오르던 길을 뒤돌아보며
헛된 꿈 지우고 흔적 없이 지나가려는데
저 멀리 보이던 구름이 가까이 내려와
내 앞에 두둥실 떠 있다

첫사랑을 닮아서 아름답다 했나
눈송이들 죽음도 두렵지 않다는 듯
마른 나뭇가지 위에 내려앉아
잠시 꽃으로 피었다가 사라진다

성탄 전야

변두리에 사는 늙은 골목은 아이들이 돌아올 시간을
쪼그리고 앉아 기다린다
이브의 불빛은 도시의 아이들을 몰고 어딘가로 사라졌다

노구를 끌고 달리던 썰매는 담장 아래 깊은 잠이 들고
사슴은 누구의 핏속을 달리고 있는지
기억해 내는 사람 또한 아무도 없다

달콤하던 이브의 저녁을 누군가에게 양도한 채
나는 우두커니 앉아 밤새 자판을 두드리며
골목을 지나는 발걸음 소릴 들어야 했다

검색 창에 작은 교회가 보였다
한복을 차려입은 할머니들과 처녀들 그리고 아이들이
난롯가에 앉아 크리스마스 선물을 포장하고 있다

다시 검색 창을 두드렸다
지구 끝에서 이브의 저녁이 한꺼번에 몰려온다

방 안으로 쏟아져 나온 오색 불빛과 아이들, 아이들은
뭔가에 홀린 듯 다시 빌딩 숲으로 사라져 버렸다

　새벽종이 울리고서야 골목 안은 아이들의 노랫소리 들
리고
　알록달록 선물꾸러미 들고 나온 어른들이 천사들을 맞
는다

비 구경을 하다

장대비가 쏟아지던 날 창경궁 통명전 마루 끝에 앉아
주룩주룩 쏟아지는 비를 구경하는데
허리 굽은 소나무 위에서 비를 맞던 까치 한 마리가 파르르
토방에 내려앉더니 빗물을 탁탁 털고 마루 밑으로 들어
간다
참새가 빗속에서 톡, 톡톡 뛰어나와 까치 옆에서 선 채로
졸고 있다
백일홍 나무 분홍 꽃잎들이 빗물에 떠내려가고
마당의 잔디밭은 어느새 호수가 되었다
사마귀 한 마리 호수에서 튀어 올라오고
뒤를 이어 무당벌레가 토방으로 올라온다
마루 밑에 모여든 그들에게 어떤 협약이 있었는지
옛적 이 집에 살던 여인들은 지아비를 놓고 무섭게 싸웠
다는데
까치와 참새와 사마귀와 무당벌레가
비가 오는 날이면 식구가 되어
조르르 앉아 함께 비 구경을 한다
통명전 마루 밑에 모여든 식구들과 나는

장대비 소리를 자장가 삼아 한나절 끄덕끄덕 졸다가
저녁 무렵에서야 그들에게 자리를 내어주고
시끄러운 세상으로 터벅터벅 걸어 나왔다

너의 페르소나

넌 밤마다 내가 쏘아 올린 전파를 받아먹고 자랐지

날마다 네게만 집중했어

좋아하던 커피는 향기로 대신하고

목이 아프도록 하늘에 별들을 바라보곤 했지

귀가 쉽게 퇴화해 버린 게 누구 때문이라고

이불 속에서나 식탁 앞에서 끊임없이 지구 밖 누군가와
타전 중이네

우주 밖의 언어는 언제 습득했니?

나를 그림자나 유령처럼 대하는 걸 보면

넌 벙어리 애인을 만나야 해

언덕에서 내려다보는 바다는 날마다 다른 얼굴로 나를
대했지

곁을 주지 않으려고 파도를 앞세워 사납게 굴다가도

솜사탕 같은 안개를 보내 주기도 하고

가끔은 오페라처럼 시원한 노래를 부르기도 하지

달이 하늘에만 떠 있다고 생각하니?

가끔은 바다에 빠져 울고 있는 달도 있단다

내가 수다스러운 건 그때부터였어

네 방에 겹겹이 쌓아둔 총천연색 얼굴들이 궁금해서

별들은 왜 그토록 많은 전파를 네게만 보내 주는 거니

너를 볼 때마다 크림트의 키스를 벽에 걸고 클래식을 들
으며

또 다른 아이의 태교를 시작하고 싶어

바람이 어느 방향으로 불어야만 그 가면들이 벗겨질까?

소통

소음은 불안을 낳고 불안은 허공을 낳고 허공은 날개를
낳고

위층 주름살 깊은 사내가 밤마다 내게 소음으로 말을 건
넨다
사내가 물고 온 바닥의 시간이 허공에 부딪힐 때마다
시퍼렇게 소리를 지르며 내게 달려든다
초저녁과 새벽을 왕래하며 쉬지 않고 전송되는 주파수들
나는 그 소리에 조종당하고 길들여진다

며칠 전 새벽녘에 14층 여자가 가슴에 보물을 안고
허공을 탈출했다는 소문이 들렸다
사람들은 공중을 날아다니다가 지상에 안착한
나비 한 마리를 보았다는데

사내가 또 다른 동굴을 파고 있다
새로 태어난 애벌레들이 고막을 갉아먹는 새벽
뇌 속 자각인지 경로가 위험인자를 알리고

나의 어깨에선 날개가 자라난다
나도 모르게 나는 14층 여자를 닮아 가고

벨을 누르고 있던 손가락이 경련을 일으켰다
문을 연 사내의 어깨에 커다란 나비 문신이 새겨져 있다
주파수들을 돌려받은 사내가 텅 빈 눈망울로 피식 웃는다

웃음은 공포를 낳고 공포는 동굴을 낳고 동굴은 또 다른
날개를 낳고

분나 세레모니

파도가 저것 좀 보라며
바위 위에 앉은 내게로 다가온다

바다에 빙 둘러앉아
엉덩이를 들썩이며
기도로 아침을 열고 있는 갈매기 가족이다

에티오피아의 분나 세레모니가 생각났다
아침마다 어머니가 만들어 주는 분나를 마시고
할머니가 아이들에게 축복해 주면
기쁜 마음으로 집을 나선다는 의식이다

갈매기 가족의 기도가 끝나면
오늘의 훈화는 아버지 몫이다
사람들이 주는 새우는 너무 많이 받아먹지 말고
어선을 따라다니는 게 고달프지만, 건강에는 최고라고

갈매기들이 의식을 마쳤는지 하늘로 날아오른다

그들의 모습이 멀리 사라질 때까지
오래오래 기도하는 갈매기가 있다

꿈꾸는 시간

귀가 실바람을 마실 때마다 머리가 흔들렸다
아이야호를 설계하는 시간이 길어지면서 손끝에 눈이 생
기기 시작했다
저녁노을이 보내오는 빛과 향기를 섞어 배의 조각들을
빚었다
잡힐 듯 잡히지 않는 시간들로 아이야호의 기둥을 세웠다

첫사랑이 내게 왔다. 그 무렵
아이들은 밤마다 거리에서 어둠을 쫓아다니느라 미쳐가
고 있었다
누군가를 제물로 바쳐야만 아이들의 방황이 끝이 난다는
소문이
온 동네에 나돌았다
한 아이가 찌른 칼끝이 마을 전체에 숨통을 끊을 때쯤
아이들은 겁에 질려 교회로 돌아왔다
우린 그 아이들을 위해 더 많이 기도하는 버릇이 생겼다
그날을 생각하며 아이야호의 지붕을 덮었다

일곱 살이 되면 죽는다고 굿을 하던 무당이 손을 놓고 말
았다는데
그 말이 늘 내 귓속에서 곤두박질치고 다녔다
밤마다 누군가를 찾아 꿈속을 헤매었지만 만날 수 없었다
돌팔이 침쟁이는 빈혈이 심해서 그런 것 같다며
날마다 귀에 침을 놔주었지만 조금도 나아지지 않았다
그날의 기억을 떠올리며 아이야호의 벽을 쌓았다

그를 보내고 돌아오던 길
나를 따라다니던 시퍼런 죽음들이 어딘가로 떠나갔다
그가 중병이 들었다는 소문이 나돌았지만
내게서 그를 제하면 죽음이거나 환희였다
꿈을 꾸지 않으면 한시도 살 수 없는 날들이 나를 찾아
왔다
나는 그의 환한 미소를 생각하며 아이야호에 창문을 달
았다

우범지역이란 딱지가 도시 하나를 우울하게 만들었다

내 죄명은 아무도 모르거나 모두 알고 있었다
누구의 명령에 의해 이 자리에 와 있는지
모두 알고 있었지만 나는 알 수 없었다
돌멩이처럼 사는 내게 가끔 높은 종탑이 말을 걸어왔다
내 기도를 모아 아이야호의 돛을 높이 세웠다

여긴 겨울이고 그곳은 분명 봄일 거다
나는 그를 찾아 거슬러 올라가야 한다
돌담에 핀 개나리꽃을 만나러 가야 하고
병원 정원에 핀 함박꽃과 금송도 만나야 한다
창문 뒤에 서서 누군가를 기다리던 그날처럼
내 가슴은 벌써 미세한 두려움에 떨고 있다
흐릿한 기억을 더듬어 아이야호는 출항을 서둔다

이사

이사 갈 생각에 잠이 안 오는 건 나뿐만이 아니다
남해바다가 내려다보이는 바닷가로 가자는 식탁과
편백나무 숲이었음 더 좋겠다는 거울과 악기들

옥상에 장독들은 집안의 가보가 자기들이 아니었냐고 눈
물 콧물이고
오래된 책상은 버석거리는 허리를 펴 보이며 이십 년은
끄떡없다 하고
비싸게 구입했던 오븐은 달콤한 빵맛이 그립지 않더냐고
눈웃음을 친다

나는 나약한 주인인 양 허리를 굽히고 집 안팎을 돌며
데려갈 것들을 골라 줄을 세우다가 다시 저울질하다가
오래전 기억들이 생각나서 슬며시 손을 잡곤 했는데
그들에겐 아름다운 추억이 없어 데려갈 수 없다는 말은
하지 않았다

해가 기우는 저녁이면

나의 발자국 소릴 듣느라 모두 귀를 세우겠지만
그들의 어미가 되고 아비가 되어 줄 감나무가
마당에 턱 버티고 있어 마음 든든하게 떠나왔다

버려야 할 품목에서 제외된 첫사랑처럼
정든 곳을 떠나온 사람들은 안다
감나무를 바삐 오르던 곤줄박이들과
거기 걸린 푸른 하늘조차도 그립다는 것을

사랑에 빠지다

두두발이처럼 휘청거리던 봄날
곱지 않은 목소리로 노래를 부르는 직박구리
그가 보낸 답장이었나?

작년 가을에 보낸 편지 답장을 저렇게 시끄럽게 읽고 있
다니
긴 겨울 소식이 없던 그가
짝도 없는 직박구리 한 마리를 내게 보내 놓고
먼 하늘만 바라볼 생각을 하니 자꾸만 그놈이 미워졌다

새벽을 깨우는 직박구리의 노랫소리가
멀리 있는 그의 하루를 가늠하게 하고
가끔 비명이라도 지르면 간담이 서늘해져서 찾아 나서
는데
그놈은 아무 일도 없었다는 듯 전깃줄에 앉아 털을 고르
고 있다

나를 미행이라도 하는 건지

친구들을 만나 차라도 마시려면
찻집 앞 은행나무에 앉아 시끄럽게 울어댄다
퇴근길에는 늘 십자가 꼭대기에 앉아 말을 걸곤 했는데
언제부턴가 직박구리는 보이지 않고
그 자리에 까치 식구들만 시끌벅적이다

지나가는 바람 소리에도 귀를 세우기를 몇 날
노을이 서쪽 하늘에 수채화를 그리던 저녁
언제 돌아왔는지 직박구리가 창문 앞에 앉아
거친 목소리로 그의 안부를 전하고 있다

세미원에서

바람 한 점이 이름을 지어 달라며 나를 따라다닌다

분수 앞 정자에 양반다리를 하고 앉아
바람의 출생을 물어보고
고놈의 얼굴을 찬찬히 뜯어보다가
이름을 하나씩 지어 보였다

청풍淸風, 관풍觀風, 고풍高風, 미풍微風,
간들바람, 소슬바람, 하늬바람, 헛바람
명지바람, 꽃바람, 샛바람, 박초바람

이름이 마음에 들지 않는다며 화를 낸다
나는 민망한 마음에 연신 하품을 하고
화가 난 바람은 내 하품을 쥐고 연못으로 들어간다

잠자던 연못이 이름 없는 바람으로 부산하다
연꽃들이 바람난 서방처럼 히실히실 웃고
연잎 속에 숨어 있던 연밥들 까만 이빨

툭툭 빠지는 줄도 모르고 깔깔댄다

이름도 없는 바람이 호수를 돌아다니며 난동을 부린다
이름도 없는 바람이 세상을 돌아다니며 주인 행세를
한다

유혹

그 집을 생각하면
배롱나무의 매끈하고 단단한 허리에 목을 매고 싶어진다

그 집을 생각하면
먼 우주에 혼자 남겨진 별처럼 쓸쓸해진다
마당에 배롱나무와 감나무가 있는 넓은 집
먹을 갈아 정성껏 참을 인忍자를 세 개나 써 주신 아버님

라일락나무는 주눅이 들어 죽지는 않았는지
해마다 피던 해바라기들과
심지 않아도 머리를 들고 나와 화분들을 칭칭 감싸 돌던
나팔꽃은
올해도 피고 지고 피겠지!

내가 할 수 있는 일은
오지 않는 그를 기다리는 일이어서
매일 발톱과 부리를 갈며 뾰족한 시간을 견디었다
집안 어디에도 마음 둘 곳 없는 건 나뿐만이 아니어서

그 집에 사는 모든 것들은
어딘가를 향해 날아가려고 몸부림을 쳤다

꿈에서 깨어나면 내가 잠들었던 방안 가득
참을 인忍자들이 자라 숲을 이루었다
그 집을 떠나 온 지 오래
두고 온 모든 것들을 생각하며 길을 걷는다
배롱나무가 매끈한 허리를 내놓고 잠시 쉬어 가라고 유
혹한다

갈대 편지

유프라테스 강변에서
갈대 울음소리로 네게 편지를 쓴다

첫 문장을 써 내려갈 때에
갈대 울음소리가 잦아들었다
나는 펜을 놓고 눈을 감았다
맨발로 타국을 유리하던 옛사람들이 죽어
강변의 갈대가 되었다는 말을 듣고
가슴이 먹먹해졌다

다음 문장을 써 내려가는데
모래바람이 반대편에 산을 옮기고 있었다
그립다는 말은 그들이 가나안을 두고 한 말이 아닐까
가나안을 바라보던 그들의 눈빛 때문이었는지
강물이 시리도록 푸르렀다

나는 네게 그립다는 말은 끝내 쓸 수 없었다
내 마음을 읽었는지

하늘에 구름이 잠깐 멈추어 서서
몇 방울의 비를 뿌려 주었다

유프라테스 강물은 가나안을 향해 흐르고
갈대들은 허리를 굽혀 바람에게 길을 내준다
나는 네게 유프라테스의 하늘을
여백 안에 가두어 말없이 보낸다

2부

꽃기린의 사랑법

몸을 돌려 창밖만 내려다보는 꽃기린
벌써 한 달째 먹는 것도 시원찮다

물을 주려고 내리는데
객혈을 하듯 붉은 꽃잎이 후드득 떨어진다
꽃집 주인의 말로는 사시사철 흰 꽃이 핀다더니
그리움이 깊어지면 붉은 꽃망울이 맺히는 건지

사춘기가 시작될 무렵
시오리나 되는 길을 걸어서 통학했다
대학생 오빠가 요양하러 내려온 집 앞을 지나다니며
우리들은 감도 따 먹고 무도 뽑아먹었다
어쩌다 들키는 날엔 그 오빠는 실없이 웃었고
우리들도 민망함을 웃음으로 때웠다

오빠가 마당에 앉아 붉은 꽃잎을 떨구고 있다
어쩔 줄 모르고 허둥대는 우리들에게
너희들도 크면 알게 된다며 쓸쓸히 웃었다

가끔 하굣길에 달이 창백한 얼굴로 우릴 따라왔다

누군가를 사랑하는 일은
가슴에 붉은 꽃망울을 가두는 일이어서
우리들은 빨리 사랑을 하고 싶지 않았지만

시옷의 비밀

내게 와서 머물지 못하고 되돌아가는 이름이 있다
가슴속에만 박혀 꺼내지지 않는 이름

내 뇌 속에는 시옷을 저장하지 못하게 막고 있는
사람 인人자를 닮은 누군가가 살고 있어서
시옷이 불쑥 내게 들어오기라도 할라치면
나의 뇌는 정색을 하고 밀어낸다

어느 가을 남녘 여행길에서 만난 금목서
그 꽃과의 만남은 바람 때문이었다
바람은 그의 향기를 천리만리 퍼 나르고 있어
나는 평생 그 정원의 향기를 지켜 주고 싶었다

머물거나 되돌아가는 길에 신호등을 세운다면
빨강 신호등은 어느 쪽에 세워야 할까
돌아갈 생각이 없는 내게 아껴둔 향기를 싸주며
어서 돌아가라고 등을 떠밀던 가을처럼 쓸쓸한 이름

시옷이 들어 있었던 것 같은데 기억이 나질 않아
누군가가 쓰고 버린 닉네임까지 찾아보았지만
끝내 가슴속에 박힌 그 이름만은 꺼내지 못했다

티티카카 호수를 닮은

티티카카 호수를 보는 듯
맑은 호수를 닮은 사람을 만났다
그 사람이 사라져 버린 후
나는 병이 들었고 오래오래 잠자는 버릇이 생겼다

너무 늦었다고 안타까워하며 의사는
메스를 들고 수술을 시작했는데
우측 뇌 안쪽 해마 곁에 트리안이 자라고 있었다고
어느 숨결에 날아와 뿌리를 내렸는지
가는 줄기와 잎들이 엉켜 있어
작은 핀셋으로 반나절을 뽑아냈다고

붉은 줄기마다 연한 잎 줄줄이 달린 트리안을
햇빛이 머무는 병실 창가에 두고
물을 줄 때마다 음표를 붙여 허밍 해 주었다는데
붉은 잎들이 초록으로 변하고 있을 때
나는 긴 잠에서 깨어났다고

잠결에 들려오던 휘파람 소리

초록 잎새 주변을 맴돌던 긴 그림자

맑은 호수를 닮은 누군가가 트리안에 살고 있는지

분원리에서

퍼슬거리며 내리는 늦여름 비를 동무 삼아 집을 나섰다
길 위에 엎어진 채로 꽃을 피운 코스모스가 내 모습 같다
분원리로 가는 길목엔 장승과 낡은 간판들이 있다
누군가를 기다리는 모습은 늘 누추해 보이고
늦은 장마에 끌려온 강물은 둑을 넘어올 기세다
저녁 강물은 서럽게 문을 잠그고 물고기들이 손님을 부른다
작년 이맘때 황금빛 다리를 건너간 그가 생각나서
멍하니 어둠에 밀려가는 강물을 내려다보았다
팔당대교가 막혀 퇴촌을 지나 강변을 돌고 있는데
저 멀리 안개 사이로 크고 웅장한 다리가 보였다
가로등이나 난간 모두 황금빛의 아름다운 다리였다
강을 건너려고 입구를 찾느라 한참을 헤매고 있는데
갑자기 그 큰 다리가 사라졌다
그때 알았어야 했다
저 다리처럼 그도 언젠가는 사라져 버릴지도 모른다는 걸
다리를 건너 먼 나라의 백성이 되었는지
그의 부재로 나는 구름처럼 가벼워져서

지나가는 소슬바람에도 마음을 빼앗기곤 했는데
다시 분원리에 와서야 알았다
백자에 새긴 학처럼 그에게도 날개가 있었다는 사실을

버려진 것들은 누군가를 기다리고

폐염전 안의 해묵은 세상이 내 발목을 잡아끌고 있다
발소리에 염전 안이 술렁거린다

갈대숲에 뼈대만 남은 소금창고가 손님을 맞이한다
소금으로 배를 채우던 수레들이 늘어진 채 긴 잠을 잔다
바닥에 들러붙은 소금 알갱이들이
누군가를 기다리는 눈동자처럼 빛난다

둑길을 걸었다
버려진 소라 껍데기와 삭은 그물들의 바다 이야기에
둑은 퍼렇게 절여지는 중이다
아까시나무가 둑 위에 아무렇게나 자랐다
빈 고깃배들이 호흡을 고르고
저녁노을이 폐염전을 붉게 채색한다

청둥오리가 만들어 내는 물무늬들
부치지 못한 내 편지처럼 밑그림을 그리고 그리지만
금세 사라져 버린다

갯벌에 뿌리를 내리고 다리가 늘 저려왔을
함초들이 붉게 타 오른다
소금창고 앞으로 바닷물이 밀려든다

도시에서 버려진 한 사람을 위해
폐염전 안의 하루는 분주하다

겨울바람이 분다

그의 혀끝에선 항상 무쇠 소리가 난다
두려움을 감춰 보려는 속셈이다

그는 어둠 속으로 걸어 들어간 후
한 가닥의 빛조차 거부한 채 살고 있다
그 내면의 아우성이 심장을 파고든다

언제부턴가 내 몸 안엔 기생하는 절망이 있다
물을 주지 않아도 머리를 내미는 헛것들
느티나무처럼 두꺼운 그늘이 되어 주고 싶었지만
내 꿈은 그의 혀끝에서 잘려 나간다

마당 한구석에 버려진 무쇠 솥
혀를 빼놓고 붉은 피 흘리고 있다
쩡쩡 큰소리만 치는 무쇠 솥 안에
소나기 한줄기 매운 말을 지우고 간다

밤마다 하현달은 무쇠 솥 안에서 지고

그의 혀끝에선 겨울바람이 분다

물이 되던 날

눈물은 사람들의 영혼속에 잠들어 있다

빌딩을 빠져나오는 동안
잠들어 있던 물이 파도를 일으켜 출렁거렸다
도시는 내 영혼의 물을 받아 줄 곳이 없다

나는 강가의 버드나무처럼 살았다
바람은 내 몸속을 자유롭게 드나들며 유랑하였지만
나는 봄이 될 때까지 그 잎들을 놓아주지 않았고
여린 가지들도 바람을 향해 울부짖지 않았다

몸이 빨랫줄의 한지처럼 펄럭이고 있다
찢어지지 않으려고 안간힘을 쓰며
도시의 뒷골목을 맴돌다가
다시 제자리로 돌아오고 만다

하늘이 제 그림자를 거두다 말고 도시를 내려다본다
골목에 갇힌 누군가에게 수건 하나를 내려 주고는

어서 돌아가라고 긴 손을 내젓는다

삼 일 동안
— 여행은 돌아오는 것이 아닌 안 돌아오는 것이다*

삼 일 동안 경찰서에서 벌금 대신 구류를 살아야 한다며
짐을 챙기던 그의 목소리가 들떠 있다
밤새 장대비가 유리창을 두드렸다
가늘게 이어오던 생각들을 끊고 빗속을 걸었다

첫사랑을 보내고
긴 겨울 다다미 골방에서 편도염을 앓았다
부칠 수 없는 편지를 쓸 때마다
헛것들이 보였다
그때 그 헛것들의 밤

그가 여행에서 돌아오지 않을 날들을 생각했다
초가을의 뒷골목처럼 서럽고도 긴 겨울이 내게
달려들겠지만 나는 나를 버리고 빗속을 걷는다
홀로 걷는 빗속에선 버려야 할 게 너무 많다

거울을 들여다보니 까칠해진 얼굴 하나가
까칠해진 나를 보고

무슨 일 있었냐고 묻는다

---
* 이진명의 시 「여행」에서

유효 기간

겨울 된장독을 깨워 맛을 보니 누렇게 익어 구수한 맛이
난다
큰 김치통 가득 된장을 퍼내어 남편에게 보낸다
불혹의 나이에 집을 떠난 남자
며칠 밤 꿈자리가 하도 사나워 전화했더니
사랑만으로는 입맛을 바꿀 수 없었는지 된장이나 보내
달란다
남편이 가버린 후
나는 시도 때도 없이 찾아와 불을 지르고 가 버리는 바람
때문에
집안의 모든 문을 닫아걸고 살았다
한꺼번에 꼬리를 물고 달려드는 생각들로 머릿속은
시장바닥처럼 소란스러웠다
불을 가슴에 가두고 사는 바람에
비 오는 날이면 가슴에서 된장 썩는 냄새가 난다

된장과 함께 마음속 앙금들도 꾹꾹 집어넣는다
곱게 삭고 익을 때까지는 얼고 풀릴 세월이 필요하겠지만

당신과 먹던 된장 맛이 아니더라고
어색한 웃음을 흘리며 대문 앞을 기웃거리면
유효 기간이 지나버렸다고 독 뚜껑을 닫아 버릴까?

마지막 목욕

등을 맡기는 것조차 부끄러워했던 그녀가
마지막 목욕을 위해 고요히 기다린다

침대는 너무 크고 그녀는 너무 작다
목욕 담당이라며 청년이 인사를 하더니
수건을 들어 발을 조심스럽게 닦는다

한 번도 땅을 밟아보지 못한 것 같은 여린 발이다
그 모습을 바라보던 사람들 굵은 눈물방울을
툭툭 떨어뜨리며 숨죽여 울먹이고

청년이 그녀의 손을 살짝 들어 올리려는데
그녀가 큰 돌덩이 하나씩을 빙 둘러선 사람들의
명치끝에 또박또박 던진다

거대한 나무기둥처럼 쿵하고 동서가 쓰러졌다
금세 방안은 아수라장이 되고
돌덩이들을 수습하고 나서야 간신히 목욕은 끝이 났다

빙 둘러선 사람들이 제각기 그녀와의 인연을
끊어 내느라 마지막 작별로 눈물을 흘릴 때
나는 그녀의 귀에 따뜻한 약속 하나를 넣어 주고
홀연히 방을 빠져나왔다

묵화의 전설

흰 벽지에 그린 묵화
긴 겨울밤이면 더 진하게 퍼져 나갔다

밑그림으로 그린 수많은 줄기에서
봉오리가 맺히더니
검은 꽃을 피워 올리고 있다

묵화를 사랑했던 여자
그녀는 사랑을 받아 본 적이 없었는지
아무도 사랑하지 못하고
자기 일생은 늘 우기라고 우기며 살다가

긴긴 장마가 그치고
햇볕이 발광하던 날
민들레 홀씨처럼
하늘 높이 제 몸을 날려 보냈다

그녀가 떠난 집에는

묵화만이 흉하게 남아 주인 노릇을 하고
흔적도 없이 사라진 그녀는 끝내 돌아오지 않았다

달의 잔소리

내 길목을 지키다 떠오르는 보름달
무슨 할 말이 그리 많은지
밤을 꼬박 새워도 모자란다고
따라오며 말을 건다

내일모레가 네 어머니 생신인데
너 같은 자식이 무슨 할 말이 있겠니?
마흔셋에 혼자되신 네 어머닌데
생신날엔 가 뵈어야지

아이들 학교는?
회사는?
보름달의 이야기는 길고 내 대답은 늘 짧다

제 몸을 베어 먹는 보름달
나의 하루를 지워 버리는 저 잔소리

나는 홀로 저녁밥상 앞에서

반 백 년 혼자 사신 어머니를 생각하며 울었다

잠에서 깨어난 어머니의 머리칼이

모두 하늘로 뻗쳐 있을 것만 같아서

어머니의 소꿉장난

베란다에 쌓아둔 그릇들과 소쿠리들을 골라내어
소꿉장난을 시작한 어머니가
밥공기와 유리그릇으로 비눗방울 놀이를 한다
그릇들이 반짝거리며 몇 개의 무지개를 만든다
양념단지들은 길게 줄을 세워 놓고
칫솔 하나를 위해 물병은 반으로 자른다

마흔을 갓 넘겨 며느리를 맞은 어머니가
살림을 몽땅 며느리에게 넘겨주고는
아버지와 바깥일만 하느라 살림엔 눈길도 안 주더니

우리 집에 오시던 날
집 안팎을 둘러보시곤 혀를 끌끌 찬다
장독대와 베란다의 그릇들을 소꿉장난하듯 예쁘게 정리
해 놓고
새벽이면 콧노래를 부르며 쌀밥에 우럭젓국을 끓이신다

돋보기 없이도 손바느질로 밤새 만든 꽃무늬 블라우스를

입고

　뒤뚱뒤뚱 신나게 부엌을 오가는데 얼굴엔 웃음이 떠나질
않는다

　찢긴 달력 뒷면에 침을 묻혀 쓰는 가갸거겨도 삐뚤삐뚤

　주인 바뀐 부엌살림도 제자리를 못 잡았지만

　어머니는 우리 집 부엌의 새 주인으로 자릴 잡았다

나비와 어머니

날개 꺾인 나비 한 마리, 꽃잎인 줄 알았다
서풍이 분다는 것은 곧 계절이 바뀐다는 신호

기미년 나라가 혼미할 즈음
고향을 떠나왔다는 노랑나비
긴 세월을 그리움과 함께 살았다

맑은 겹눈엔 상처의 흔적들이 선명하고
노랑 날개엔 덧대어 기운 흔적들이
늦가을 빛바랜 낙엽같이 우둘투둘하다

제 살을 다 파 먹힌 어미 거미의 품에서
꼬물꼬물 새끼 거미들이 줄지어 기어 나오듯
우물가에서 자란 나비의 새끼들이 모여들고

서풍이 불던 날
그리심 산에서 누군가가 기다리고 있다고
날개를 파닥이며 하늘가로 날아간다

아버지, 그 아름다운 어깨

앞서 걷던 아버지의 마른 어깨에 노을이 지나간다

다혈질인 어머니 때문에
아버지의 넓은 어깨에 바람이 조금씩 빠져갔다
말이 줄어들수록 한숨은 깊어졌다

아버지의 가슴에 어떤 이름의 돌들이 담겨 있는지
늘 가슴이 아프다며 엎드려 주무시던 아버지
막내의 발소리에도 깜짝 놀라 깨곤 하셨다

장마가 지나가던 여름날
아버지가 낮잠에서 깨어나
누군가를 만나고 온 사람처럼 허둥대더니
핼쑥한 얼굴로 마루 끝에 앉아
누군가의 안부를 묻듯
서쪽 하늘에 붉은 물감을 풀어 그림을 그리셨다

우리들의 꿈이

아버지, 그 아름다운 어깨 위에 걸려 있다는 걸
아버진 알고 계셨기에

내 유년의 도깨비

언덕 위에 소나무들은 아직도 어깨 위에 황새를 키우고
있다

황새 재에서 바라보던 바다 건너 소근리라는 마을은
살아서는 나올 수 없다는 도깨비 마을
옆집 고모가 시집살이를 견디지 못하고 목매달아 죽었다
는 그곳에서
밤마다 고모는 나 좀 데려가라고 운다. 컹컹

소근리에서 시작한 도깨비불이
수백 개로 갈라져 밤바다를 돌아다녔다
홑이불을 뒤집어쓰고도 밤새 악몽을 꾸었다
학교도 못 간 나는 누워서 천장에 반성문만 쓰고

잊혀져가던 기억들은 가끔 찾아와서
깔라 할매의 점괘를 말해준다
일곱 살에 죽지 않았으니 열네 살에 죽는다는

밤마다 거인 도깨비가 찾아와 목을 조였다
소리쳐도 목소리는 목구멍 안에서 맴돌다 사라지고
마지막 숨이 끊어질 만하면
스르르 몸을 일으켜 창문으로 달아나던 도깨비

고향에서 멀리 나와 교회 근처에서만 살았다
가끔 고향을 지나온 바람결에도 두드러기가 났다

어머니 장례식에 내려간 고향
도깨비들이 놀던 바다에선 벼가 누렇게 익어가고
소근리로 가는 이차선 도로가 곧게 나 있었다

알바트로스처럼 그들은

세상은 늘 왁자지껄하고 나는 늘 고요했다
어느 쪽으로도 기울어지긴 싫었지만
마음이 가는 쪽은 늘 있기 마련이어서
차가운 바깥 거리로 나가야 했다

그곳엔 수많은 사람들이 모여 촛불의 미학을 실천하고
있었다

그들은 찬바람을 맞으며
어둡고 긴 터널을 촛불 하나에 의지하고
알바트로스가 보내 줄 커다란 날개를 기대하며
묵묵히 걷고 또 걸었다

그 소문은 독재자들이 산다는 먼 대륙까지 퍼져 나갔다
그들에게 던져지는 또 다른 사람들의 팔매질쯤은
두렵지 않은 듯 흔들리지 않았고 더 많은 촛불들이
그들의 동지가 되어 거리를 메워 나갔다

그들의 어깨에선 꿈을 꾸던 날개가 자라나고
알바트로스처럼 하늘 높이 날아오를
그날이 마침내 그들에게 오고야 말았으니

이제 선택은 하나
칼을 들 것이냐, 꽃을 던질 것이냐?

달이 다녀가다

현관 앞에 앉아 귀를 탁탁 털고 있는 포멜리안
정을 떼어내는 중이다
귓속에 넣어둔 주인의 약속들을 파내고
빈 신발 같은 귀를 현관문에 대고
길 가는 발자국에게 주인의 발자국을 고른다

움직임이 없는 한 덩어리의 화강암 같다
정이 많고 귀가 얇은 게 포멜리안 뿐이랴
사람들은 왜 남쪽을 그리워하는지

서재 가득 쌓여 있는 기억들을 정리한다
추억이 걸어 나와 어깨를 두드리고
똬리를 틀고 잠자던 죽은 약속들이 하나 둘
가벼운 날갯짓을 하며 날아간다

그가 떠난 서쪽 하늘의 반을 베어 버렸다
베어낸 하늘에서 떨어지는 붉은 빗물이
여름 내내 속살을 타고 흘러내린다

반쪽 하늘엔 달이 떠 있다

봄비가 사나흘이나 쉬지 않고 내린다
마당 한구석에 버려진 돌확에
뒤꿈치를 들고 달이 다녀간다

이상한 싸움

까치들의 울음소리에 나무 그늘이 들썩인다
고양이 한 마리가 나무 그늘을 베고 낮잠을 잔다

나무 그늘이 고양이 엉덩이를 툭툭 쳐 대도
병을 앓는 환자처럼 고단한 고양이
까치들이 머리를 찍을 기세로 달려들어서야
겨우 몸을 일으켜 흐느적흐느적 걷는데

까치들이 고양이 등을 콕콕 쪼며 따라간다
큰길까지 고양이를 몰아내고 돌아온 까치들
의기양양 나뭇가지 위를 뛰어다닌다

비를 피해 날아온 까치가 마루 밑에 먼저 온
직박구리나 참새를 쫓아내지 않고
옆에서 함께 꾸벅꾸벅 졸다가 돌아가는 걸 보았다

새끼를 키우는 일이란
괜한 걱정을 사서 하는 게 어디 까치뿐이랴!

발자국을 지키는 그림자

잡초 무성한 마당에 오래된 식구가 쓸쓸하다
솥은 제 그림자를 태워 불을 때고 있다
덜 마른 그림자가 생솔가지처럼 연기를 뿜어낸다

마당에 저녁이 먼저 도착한다
연기는 추녀 높이에서 부산하고 밥물은 어미의 손등에서
찰랑댄다
식구가 많아야 힘이 세어지는 거라고
식구라는 말에 지그시 힘을 주던 할아버지

어미는 매일 수저 몇 벌을 더 헹궈 놓았다
봇짐장수들은 여지없이 쪽문을 기웃거렸다
주인 없는 수저가 물기를 말리면
어미는 약속을 어긴 사람처럼 문 앞을 서성거렸다

무쇠 솥이 아궁이를 떠나 양은솥이 들어앉고부터 식구가
줄어들었다
어미의 얼굴엔 웃음 대신 근심이 쌓여갔다

녹슨 무쇠 솥이 마당 한편에 조용하고
지나간 발자국에는 그림자가 없다

코넬리아 디란지 증후군

새벽 세 시
누군가의 신음소리에 놀라 잠을 깼다
어린 느티나무의 신음소리다
기도가 막히면 죽어 울면 안 돼. 어미 느티나무의 목소리다

저녁까지 울던 매미가 다 자르지 못한 울음 한 조각을
어린 나무의 가슴에 숨겨 두고 가 버렸다
신음소리에 잠 깬 매미들이 울기 시작한다
장대비까지 합세하니 새벽 정원은 온통 울음터다

나무의 조상들은 시끄럽게 울어 대는 매미들을
그들의 땅에서 내쫓았다
빙하와 빙벽 끝에서 겨우 목숨만 건진 매미의 후예는
그 일을 기억했는지
어린 나무들의 가슴에 울음 조각을 숨겨두고

매미들이 울지 못한 빙하의 시간과
매미들의 웃음을 가둔 빙벽의 시간은

새로 태어난 나무들에게 크게 울거나 웃지 못하도록
작은 미소와 두어 방울의 눈물만을 허용했다는데

신열에서 풀려난 어린 느티나무의 숨결은 가지런한데
꿈결에 들리는 어미 느티나무의 기도는 길게 이어지고

3부

나무가 운다

나무들이 제 그림자를 내려놓고 울고 있다
고양이가 여름 장마에 새끼를 잃고
골목을 떠돌아다니며 애를 태운다

나무의 성대에서 나오는 저 악다구니와
고양이의 격앙된 울음이 긴 장마를 더 늘이고 있다
찬바람이 바다를 건너오기 전 해결해야 하는 나무의 숙
제는
울음으로 마음을 비워 내는 일이다

마실도 갈 수 없는 가난은
저 아우성을 가슴으로 막으며
더디 오는 가을을 기다려야 한다

사람들은 나무의 울음소리를 매미의 울음소리로 듣는다
애초에 매미들은 벙어리였다
나무에 붙어살던 벙어리들은 여름 한 철이 지나면
모두 죽어 나무의 뿌리가 된다

나무가 천 년을 살아 낼 수 있는 건

　매미들이 단단히 붙잡고 있는 뿌리 때문이고

　여름 한 철 욕심을 덜어낸 울음 때문이라고 누군가는 말

한다

　나는 가끔 나무 같은 사람을 본다

　끝없이 이어진 인연들을 다 끊어 내고

　언제나 그 자리에 단단히 뿌리내린 채 흔들리고 있는

갈매기의 꿈

바닷물이 드나드는 폐염전 같은 역 앞
아카시나무처럼 뼈대만 앙상한 사내가
고개가 꺾인 채 늦잠을 잔다
짭짤한 모래바람이 역 앞을 쓸고

여행에서 돌아온 집엔
컴퓨터 혼자 사내를 기다렸다
식구들은 흔적도 없이 사라져 버리고
월세로 천연덕스럽게 얼굴을 바꾸어 돌아앉은 집마저
사내를 외면했다

지퍼마저 고장 난 가방 안에 잠자는 컴퓨터
그놈 하나만 있으면 아들이 없어도 든든했다
아내처럼 잔소리를 입에 달고 살지도 않았고
외동딸처럼 티브이에 나오는 오빠들에게만 열광하지도
않았다
은밀한 비밀도 침 한번 삼키는 것처럼 쉽게 넘어가던 놈
이었다

처음엔 그놈이 가족을 찾아 주리라 믿었지만
무엇이 두려운지 가방 안에서 꼼짝 않고 잠만 잔다
막배가 어깨를 축 늘이고 역으로 들어선다
사내는 먼 바다에서 돌아온 사람들 중에
아내와 딸의 발자국을 고르고 있다

내가 반한 페페

5월의 첫날
줄리아 페페*를 만났다
잎이 작고 귀여운 페페는
연두색 원피스와 구두를 신었다

사람들은 줄리아 페페를 페페로미아라고 부른다
엄마가 동생 이름과 내 이름을 바꿔 부르는 것처럼
페페 하고 부르면 귀여운 소녀들이 달려 나올 것 같다

내가 페페에게 빠진 건 이름 때문이다
미미와 리리라는 쌍둥이의 이름처럼
페페 페페 종일 입속에서 그 이름이 동글거린다
줄리아 페페와 페페로미아가 쌍둥이처럼 닮았다

티티카카 호수도 메타세쿼이아 나무도
이름과 걸맞게 아름답지만
내가 반한 건 그들의 이름을 부르면
어디선가 손을 흔들고 있을 것 같은

좋은 예감이 들기 때문이다

---
* 실내공기 정화식물

달콤한 방문

현관에서 거실과 주방의 식탁 위까지
개미들이 일렬로 행진하고 있다

개미 떼의 행렬은 장난감 병정들처럼
집주인조차 개의치 않고 행진에만 몰두한다
빗자루와 쓰레받기로 쓸어 봐도
모래처럼 흩어졌다 다시 제자리로 돌아온다
저들을 어쩌나, 근심만 커진다

식탁 위에 빵 한 조각 무슨 장난을 치려고
저렇게 많은 개미들을 불러 모았을까
더듬이도 없고 날개도 없는 빵에게도
개미를 부리는 재주가 있나 보다

빵조각을 물고 길을 떠나는 개미들
현관문의 넓은 길을 마다하고
눈먼 척 작은 구멍으로 집을 빠져나가고 있다
그 옆으로 사체를 끌고 가는 또 다른 행렬

그날 이후
개미 떼의 흔적은
온 집안을 뒤지는 헤드라이트만한 눈으로 남고
눈을 감으면 덤벼드는 수많은 더듬이로 남았다

이사 1

밤마다 하늘 끝에서 별 하나가 내려와
꽃기린의 붉은 꽃잎 위에 앉아 나를 위로하네
나이는 묻지 않았지
여린 눈빛과 초록 이마가 아름다워서

여긴 나무 한 그루 없는 이상한 동네여서
쉽게 정이 들 것 같지 않은데
문을 열면 바다를 닮은 하늘이 구름을 몰고 와서 놀고
있네
나무는 땅에 사는 것보다 하늘에 사는 게 더 아름다워
새들은 구름 위에 앉아 노래를 부르네

봄이면 제일 먼저 분홍빛 꽃을 피워내던 벚나무와
연둣빛 새싹으로 눈을 뜨던 느티나무들
오월이면 담을 타고 붉게 피던 덩굴장미와
하늘을 오르내리던 메타세쿼이아 나무들이 좋다고
이사까지 미루며 몇 년을 더 살았는데

이 동네에도 나무를 심어야겠어
길가엔 미루나무와 고페르 나무를 심고
정원엔 덩굴장미와 은목서, 금목서를 심어
향기를 천리만리 날려 보내야지

떠나간 그가 향기 따라 돌아온다면
그리워 잠 못 드는 날들이 많았다는 말은 평상 아래 숨겨
두고
별이 밤마다 들려주던 슬픈 이야기들과 하늘 도화지에
기막힌 그림들을 그려 놓고 달아나던 구름의 이야기로
은하수 다리를 만들어야지

붉은 것들은 아프다

늦가을에 피어난 꽃들이 더 붉다

가을 산자락 홀로 피어나
쓸쓸히 산을 지키는 상사화가
시들어 가는 덩굴에서 피어난
장미꽃 한 송이가 유난히 붉다

지는 해가 서쪽 하늘을 붉게 물들이며 사라지는 건
해의 몸 어딘가가 아프기 때문이고
기러기 떼가 저녁노을을 향해 날아가는 것도
그들이 어딘가를 앓고 있기 때문이다

내 마음이 푸르다는 건
바다를 가슴에 거두어 두었기 때문이고
누군가가 먼 거리를 한걸음에 달려왔다는 건
지구와의 이별을 준비하고 있기 때문이다

나이 든 어른들이 붉은 옷을 좋아하는 것도

서녘을 그리워하기 때문이고
가을 산들이 붉게 단풍 들고 있는 건
그들도 누군가를 그리워하기 때문이다

중독

어둠이 문을 열고 들어선다
찻물은 저 혼자 끓는 중이다

너도 그립냐고 묻고 싶어 전화를 한다
네 목소리 대신 들려오는 뚜뚜뚜
너는 누군가와 타전 중이다

찻물은 끓어오르고
그리움은 오래 끓일수록 맛이 깊어져서
불도 못 끄고 앉아 있는데

―내일 예쁘게 하고 나와
잘못 찾아온 낯선 문자로
방안이 금세 환해지는 중이다

장미원에서

1.
반나절 장미원에서 꽃들과 놀았지요
장미꽃들 옆에는
신들의 이름이 박혀 있었어요

루이지 메이양, 잉그리드 웨이블
스칼렛 메이딜란드, 프린세스 더 모나코
에스메랄다, 니콜, 차알스톤

그들은 다시 꽃으로 피어나고
나는 장미원의 신들과 종일 놀았지요

2.
야생화를 찾아가는 길에
빨간 실크 옷을 입은 양귀비꽃 무리를 만났어요

사랑이 피어오르던 들판 프라하가 생각났어요
지나던 바람이 양귀비 치마 끝을 잡고

살랑살랑 춤을 추어요

벌노랑이 꽃들은 나풀나풀 노랑나비 떼가 되었네요
터리풀 하얀 꽃들로 머리띠를 만들었어요
뒤뚱거리며 걸음마하는 아가에게 줄 선물이지요
부지런한 인동은 키 큰 나무 둥치 하나를 다 돌았네요
붓꽃을 어떤 사람들은 꽃창포라 부르지요

신들은 다시 꽃으로 피어나고
나는 장미원의 꽃들과 신이 되는 꿈을 꾸었지요

이사 2

집을 헐어버린 빈터에
홀로 남겨진 고양이가 새끼를 낳았다

늦은 퇴근길에 만난 작은 눈동자들
천막 밖으로 나오려고 버둥대는 새끼들과
안 된다고 말리는 어미 고양이

급하게 뛰어와 냉장고에 우유를
그들이 머무는 천막 안으로 넣어 주었다
다음날엔 누군가가 주먹밥과 물을 주었고
그 다음날부터 사료와 물을 주었다

새벽마다 그들의 안부를 확인하는데
어느 날 어미 고양이가 우리 집 앞에 앉아
무슨 말을 하려는 사람처럼 나를 바라본다
눈이 마주치자 슬그머니 돌아앉더니

새끼 두 마리를 남겨두고 어딘가로 사라졌다

빈터는 어느새 동네 쓰레기장으로 변해 버렸고
여름 장마와 찌는 더위에 어린것들은
누군가가 버린 물먹은 소파 위에서 낮잠을 잔다

입추를 간신히 넘긴 어린것들이
마실 와서 계단에 누워 장난을 치고 있다

산수유 눈물

욕심이 너무 없었다고 방바닥에 누워 생각했다

마당가에 서 있는 산수유나무
허리에 둥둥 빨랫줄 매달고 누더기 옷 걸친 채 서 있다
기지개도 못 켜는 봄볕 사이로
탯줄 잡고 피어난 노란 꽃들
상처 난 몸뚱이 덮어 주려고 연둣빛 새싹 불러낸다

나무는 꽃을 외면하고 꽃도 꽃을 모른 체한다
지하 사글셋방은
그믐 달빛만 빠끔히 얼굴 내밀려다 달아나고

집으로 돌아오는 길엔
풀리지 않는 미로가 되어 버린 골목을 헤매다
기어이 눈물을 보고서야 길을 내주던 골목 끝에는
산수유나무가 눈물을 글썽이며 손을 내민다

타전

파랑새 한 마리가
지구로 날아든다

山寺에서 나누던
국화차 향이 생각나는 스산한 저녁입니다
여전히 종종거리며 살고 계시죠?
온 산을 물들이고 떠났던 바람이
이 밤 내 가슴을 지나갑니다
푸른 날 되시길

파랑새 한 마리가
자꾸 내 머리를 쫀다

누군가 지구 밖에서
내게 큐피드의 화살을 날리고 있다

재 너머 집

바람은 재를 넘어
어디론가 가 버리고
나는 텅 빈 탁자 앞에 앉아
한나절 당신을 기다렸다

유리 넘어 난로 위의 주전자는
자꾸 마른침만 삼키고

마당가 대추나무가
설익은 대추 몇 알을 내민다

텅 빈 오후
허공을 떠다니는 소문들
늦가을에 핀 장미가 섧다

어롱魚籠 봄바람

세상의 모든 것들은 남쪽을 그리워한다

난 어롱에 갇힌 봄바람, 한때는 하하 호호 잠자는
나무를 깨우고 시든 들꽃에게 노래를 불러 주었지만
눈먼 노랑부리저어새를 만나러 가는 길에
노을 속으로 사라지는 쇠기러기 떼를 바라보다 그만
눈이 멀어 버렸다

내가 어롱을 빠져나오려고 발버둥 칠 때마다
쇠기러기가 어른거려 주저앉았다
벚나무 가지에 반쯤 걸린 달의 머리칼을 밤새워
뽑아 주던 비둘기처럼 고달픈 아침엔
내가 태어난 남쪽 바다가 그리웠다

그리운 사람들은 언제나
형상만 남아 나를 어지럽게 한다
한 생이 다른 한 생을 떠나보내고 난 후엔
봄이 오는 들녘도 저녁노을도 내겐 근심이었다

나를 가둔 어롱엔 갓 잡아 올린 숭어 대신
지구 저 끝에서 날아오는 불온한 소문들
나는 눈이 먼 채로 어롱에 갇혀 백 년을 살고
노을 속으로 사라진 쇠기러기 떼는
끝내 돌아오지 않았다

이사 3

그들이 놀라 허둥대지 않도록
천막의 한 귀퉁이를 살짝 들어 올리고
사료와 물통을 슬쩍 밀어 넣어 주던 곳의 천막을
누군가가 찢어 버렸다

고양이들은 그곳에 없었고
커다란 쓰레기 뭉치가 그곳을 차지하고 있다

천막을 붙들고 있던 붉은 철사가 튀어나와
팔을 길게 긁어 놓는 바람에 손에 들고 있던
사료들이 땅바닥으로 쏟아졌다

가로등이 불을 밝히고 서 있으니
배가 고프면 나와서 주워 먹겠지
조심스럽지 못한 나의 행동을 후회하며
긴 밤을 보냈다

새벽부터 호우주의보가 전송되고

붉은 철사에 찢어진 세포에서는 열이 오른다
비를 맞으며 골목을 돌아다녔다

언제 돌아왔는지
새끼 고양이들이 사료를 주워 먹다가
나를 빤히 쳐다본다
너무 허약하게 자랐다고
가로등이 발등에 눈물을 뚝뚝 떨구고 있다

어떤 인연

반짝이는 이파리 끝에 박힌 가시의 위력이
가던 길을 멈추게 했다
호랑가시나무의 팔월은 성성하고

길 건너 배롱나무가
늑골 사이사이에 숨겨 둔 언어로
붉은 열꽃을 피워낸다

호랑가시나무에게
붉은 심장을 가졌는지 물었어야 했다
내 몸에 사는 것들은 모두 순례자를 따라가다가
쉽게 죽어 버리거나 사라졌다

늘 그랬다 나무들은
사막을 건너가는 바람처럼
모래 언덕에 밑그림만 그리고 지나갔다

나는 배롱나무 그늘에 앉아

오지 않는 그를
오래도록 기다렸어야 했다

상처에서 나비가 나올 때

첫발을 내딛는 순간 허공이었다

한 올의 실밥처럼 날아오른 헐거워진 몸이 공중제비를
한다
함께 날아오르던 계단이 아무 일도 없었다는 듯
손을 털며 제자리로 돌아와 먼 산을 바라본다
허공을 날고 있을 때 나비가
튼실한 나무에 알을 낳고 달아났다
알을 낳은 자리에 꽃이 피려는지 꽃몸살을 한다

의사는 근골격이 파열되었다며
핀셋으로 상처 깊숙한 곳에서 나비 날개를 꺼낸다
혹여 누군가를 배신한 적은 없는지 물었다

나는 체 게바라 평전을
늘 옆에 두고 산다는 말은 하지 않았다

상처에서 어린 나비들이 날개를 파닥이며 기어 나와

체 게바라의 동지가 되려는지 그 앞에 모여든다
나는 밤마다 혁명을 꿈꾸며 길을 떠나지만
그 어린것들은 끝내 돌아오지 않고
언제 헤어질지 모르는 사람들과 날마다 모래성을 쌓고
있다

이런 내게 체 게바라는 그의 평전에서 걸어 나와
무슨 말을 할 것인가?

우산에 대한 예의

그녀가 사라졌다
거리엔 그녀가 흘린 눈물자국들이 축축하게 남아 있다
이름조차 지어주질 않아서 부를 이름이 없다
애야! 어딜 간 거야!

흐린 아침이라며
그녀가 나를 따라나섰다
한발 옆에서 졸랑거리며 조잘거리던 그녀
일을 마치고 집으로 돌아오는 길에
잠시 전화를 하는 사이 그녀가 사라져 버렸다

벚꽃 무늬 원피스를 입은 여자 아이를 보셨나요?
사람들은 모두 고개를 좌우로 한 번씩 흔들어 보이고는
계단을 내려갔다
길 건너 그녀의 모습이 나타났다 사라지길 매번
헛것들이 나를 혼란스럽게 했다

그녀에 대한 예의는 그만큼이면 되었다고

이젠 돌아가도 된다고 우뇌가 아쉬움 가득한
좌뇌를 다독였다

허적허적 돌아오는 길에
주작나무 가지 끝에 앉은 보름달이 마술을 부린다
순간 주작나무에 벚꽃이 환하게 피어난다
그녀가 입었던 벚꽃 무늬 원피스였다

긴 잠에서 깨어나다

그가 떠났다는 것조차 잊은 채
겨울은 가고 봄이 왔다
그를 부르면 내 귓속의 누군가가 대답하거나
꽃들이 화르르 웃었다
그 웃음소리에 하늘이 출렁거렸다

집을 나섰다
바다로 가는 기차를 탔다
언뜻언뜻 물결 위로 낯익은 얼굴이 지나갔다
물 위에 떠다니는 파도의 조각들을 물고 날아오르는 갈
매기들
다시 발 앞으로 내려앉더니 모래에 얼굴을 묻는다

그를 보았다
건널목 앞에 서서 파란 신호를 기다리고 있는
신호등이 바뀌자 내게로 걸어오는 사람은 낯선 얼굴이다
그가 어느 별의 주인이 되었다는 소문
가끔은 별에 사는 사람도 그리운 사람을 만나러 건널목

을 건너온다는데
　후드득 하늘에서 별들이 떨어졌다

　긴 잠에서 깨어났다
　누군가가 내 가슴에서 가시나무를 뽑아 버리고
　유프라테스 강물을 옮겨 놓았다
　하늘에서 꽃비가 쏟아졌다

처리處理

매미가 그악스럽게 우는 곳으로 사람들이 몰려든다
숲속은 모든 시간이 멈추고
자동차가 반쯤 눈을 뜬 채 죽어 있다

보닛에 쌓인 낙엽 위로 고개를 내민 엠블렘
깨어진 헤드라이트에 거미가 검은 줄을 치고
자동차의 파편들이 숲속을 기어다닌다
조각 난 헤드라이트 붉은빛은 삭아 버린 제 몸을 바라
본다

사내는 고철이 된 지 오래
급하게 달려온 구급차가 그를 수거해간다
바람도 구급차를 따라 서녘으로 달아나고

계곡 아래 시냇물이 음계를 높여 숲을 깨우고
나무들이 허리를 펴고 일어선다
서로의 안부를 묻느라 숲속은 시끌벅적이다

한 사람의 일생이 조그맣게 구겨져 처리處理라는
단어 속에 쪼그리고 있다

그리움으로 퍼 올린 그 가슴 아린 형상들

오봉옥(시인, 서울디지털대학교 교수)

1

문단에 나온 지 오래되었건만 시와 시인이 일치하는 경우를 많이 보진 못했다. 그래서인가. 인성이 좋으면 시도 예뻐 보인다. 김종휘는 늦깎이 시인이다. 기량이 충분해 오래전부터 투고를 권유했지만 말을 듣지 않았다. 이유를 물어도 아직 멀었다는 말만 되풀이했다. 그런 세월이 십 년이다. 보다 못해『문학의오늘』로 추천했다. 추천사는 이랬다.

김종휘 씨는 오랜 기간 시를 써온 사람이다. 그런 만큼 그는 글감을 포착하는 능력, 대상을 어루만지며 빚어내는 언어감각, 시상 전개력 등 여러 가지 면에서 장점을 보여주고 있다. 그것은 본지에 2회에 걸쳐 발표한 열 편의 시들을 보아도 쉽게 확인할 수 있다. 그는 이 작품들을 통해 오래전부터

활동해온 시인이라고 해도 무리가 없을 만큼 숙련된 솜씨를 보여주고 있다. 예를 들어 이별의 정서를 노래한「그날의 풍경」은 절제미를 보여주면서도 고즈넉한 분위기를 연출해 우리를 그 풍경 속으로 젖어들게 한다. 언어와 언어 사이의 적당한 긴장들을 통해 시적 울림을 만들어내고, 그 울림이 또 많은 것을 생각게 한다.

2

시를 왜 쓰는가. 많은 시인들이 말한다. 진정한 자아를 찾기 위해서라고. 글을 쓰는 순간만이 자신이 살아 있음을 느끼기 때문이라고. 어떤 이는 말놀이의 즐거움 때문이라 하고, 어떤 이는 또 세상을 바꾸기 위해서라고 한다. 저마다 이유가 다를 것이다. 김종휘는 어떨까. 그는 외로워서 시를 쓰는 것 같다. 그는 외로움을 퍼내는 데 익숙하다. 이 시집은 그리움이라는 내재화된 결핍의 정서를 일관되게 보여주고 있다.

터널을 나온 철로에서 총총 뛰어노는 참새들
아직 어린것들이다 이별을 경험하지 못했겠다

저 나이쯤에 우린 수업을 빼먹고 야간열차를 탔다
엄마의 놀란 눈이 데굴데굴 기차를 따라왔지만

우릴 태운 기차는 콧노래를 부르며 다른 세상을 향해
달려갔다

창가에 희끗희끗 초라한 마을 몇 개를 세워 두고 기
차는
우릴 바닷가 작은 역에 내려 주었다 우린 모래밭에
앉아
추위와 허기를 참으며 아무나 볼 수 없다는 일출을 목
격했다
그날의 풍경은 내 영혼 깊은 곳에서 가끔 나를 깨운다

그 바다의 숨결 한 자락이라도 만나보고 싶은 날
나를 데리고 그날의 풍경을 찾아간다

풍경은 그 자리에 남아 또 다른 풍경을 만들고 있다
빈 의자가 홀로 앉아 있다
사랑을 금기로 삼고 살아야 하는 의자에겐
어떤 사랑의 기억이 있었는지 묻지 않았다

터널 끝에 또 다른 터널, 터널, 터널들
얼마나 많은 터널을 지나야만 나의 이별은 끝이 나는
걸까

귀가 멍해질 때마다 침을 삼켰다

기차가 지나가 버린 철로는 다시 참새들의 시간
어린것들이라 아직 죽음이란 낱말을 익히진 못했겠다

—「그날의 풍경」전문

  화자는 지금 '그날의 풍경'에 사로잡혀 있다. '수업을 빼
먹고 야간열차'를 탔던 기억, 모래밭에 앉아 '일출'을 함께
바라보았던 기억, 이때의 추억은 평생을 따라다니며 불쑥
불쑥 고개를 내민다. '영혼 깊은 곳에서 가끔' 화자를 깨우며
그 순수의 시절로 돌아가게 하는 것이다. 이 시는 화자의 심
리가 여러 사물에 투사되어 드러난다. '철로에서 총총 뛰어
노는' 어린 참새들을 보며 '이별을 경험하지 못했겠다'고 말
하는 심리, 그것은 화자가 '이별'의 아픔을 겪었다는 사실과
함께 이 순간 그 '이별'의 경험을 떠올리고 있다는 것을 역설
적으로 말해준다. '그날의 풍경'을 찾아가 '빈 의자'를 보며
'사랑을 금기로 삼고 살아야 하는 의자에겐 어떤 사랑의 기
억이 있었는지 묻지 않았다'고 말하는 심리, 그것은 화자 역
시 오랜 세월 '사랑을 금기'로 삼으며 '사랑의 기억'이나 떠
올리면서 살아왔음을 역설적으로 말해준다. '터널'을 보면
서 '얼마나 많은 터널을 지나야만 나의 이별은 끝이 나는 걸
까'라고 말하는 심리, 그것은 또 '그날'이 화자의 '영혼 깊은

곳'까지 스며들어 잘 잊히지 않는 것임을 말해준다. 이 시가
우리의 가슴을 아프게 하는 것은 '견딤'이라는 가혹한 정서
가 바닥에 깔려 있기 때문이다. 화자는 오랫동안 '빈 의자가
홀로' 앉아 있듯이 '사랑을 금기로 삼고' 살아온 것으로 보인
다. 여기엔 한 시대의 풍속이 반영되어 있다. 여성성을 강요
하는 가부장적 사회의 이면이 깔려 있는 것이다. '견딤'의 정
서를 적나라하게 드러낸 대목은 6연이다. 화자는 끊임없이
어두운 '터널'을 지나고 있다. '터널'을 지날수록 지나간 시
절을 그리워하게 되고, 그 집착은 '귀가 멍해질 때마다 침을
삼켜야' 하는 상태에 이르게 한다. 화자는 스스로 '얼마나 많
은 터널을 지나야 나의 이별은 끝이 나는 걸까' 하고 반문한
다. 하지만 그는 직감적으로 '이별의 끝'은 '죽음'에 이르기
전까지는 이루어질 수 없음을 알고 있다. 이 시의 고즈넉한
분위기는 애잔한 느낌을 갖게 한다. '그날의 풍경'을 찾아 가
며 '철로에서 총총 뛰어노는 참새들'과 '홀로 앉아 있는 빈
의자'를 멍하니 바라보곤 상념에 사로잡혀 있는 화자, 이렇
듯이 '사랑을 금기로 삼고 살아야 하는' 화자가 누군가를 잊
지 못해 지나간 추억을 어루만지고 있으니 가슴이 싸해지지
않을 수 없는 것이다. 특히 '죽음'을 운운하는 마지막 구절,
참새들이 어려서 '아직 죽음이란 낱말을 익히진 못했겠다'
고 하는 부분에서는 서늘한 폐허감 같은 극단의 정서가 느
껴져 가슴을 또 철렁이게 한다. 이 시에서 애잔한 느낌을 증

폭시키는 것은 절제된 감정에 있다. 화자가 일상에서 '이별'의 아픔이 느껴질 때마다 '침'을 삼킨 것처럼 이 시는 많은 말들을 절제시키고 있다. 보통의 연시들이 사랑과 이별의 감정을 직접적으로 토로하는 식이라면 김종휘의 연시는 그리움이라는 내재화된 결핍의 정서를 간접적으로 드러낼 뿐이다. 그러다 보니 그 '견딤'과 '절제'의 정서가 우리의 가슴을 흔들어 더욱 더 애잔함을 증폭시킨다. 「그날의 풍경」은 여느 연시집의 수작들과 비교하더라도 손색이 없을 정도로 우리에게 시적 울림을 안겨주고 있다.

　　　내 몸 어딘가에 역 하나가 지어졌다
　　　아무도 오갈 수 없는 갇힌 역이다

　　　그곳에 머물러 누가 살고 있는지
　　　가끔 기차를 타고 온 바람이
　　　기차표 대신 소문 하나 내려놓고 간다

　　　그곳은 여름에도 눈이 펄펄 내리고
　　　한겨울에도 매미들이 떼 지어 울곤 한다는데

　　　왜 나는 몰랐을까?
　　　서쪽 하늘이 붉은 울음을 토하고 나면

김종휘시집_본문_2쇄(수정)(검판용)-11.07.pdf:135

어스름이 저 혼자 쓸쓸히 집 한 채 짓는다는 걸

누군가를 기다리느라 서성이다가
길가에 뿌리 박힌 채 늙어가는 역 간판들

너를 보낸 자리에
아무도 오갈 수 없는 역 하나
내 몸안에 지어졌으니

—「그 역은 지금」 전문

이 시는 「그날의 풍경」과 달리 '역'이라는 상징물을 동원하여 잊을 수 없는 사랑의 대상을 노래한다. '내 몸' 안에는 '너'를 기다리는 '역'이 있다. 그것은 '아무도 오갈 수 없는 갇힌 역'이고, '가끔 기차를 타고 온 바람이 기차표 대신 소문 하나 내려놓고' 가는 역이며, '누군가를 기다리느라 서성이다가 길가에 뿌리 박힌 채 늙어가는' 쓸쓸한 역이다. '내 몸' 안에 지어진 '역'은 기다림의 정서를 밀도감 있게 만들어주는 장치다. 기다림은 보통 기대와 설렘을 전제로 한다. 하지만 김종휘의 기다림은 일방적이고 수동적이라는 점에서 애잔함과 안타까움을 배가시킨다. 화자 역시 자신 안에 지어진 이 '역'이 서쪽 하늘에서 '어스름이 저 혼자 쓸쓸히' 지은 집 한 채와 같다고 토로한다. 기다림은 그리움의 다른 표

현이다. 갈망이나 목마름의 다른 표현이다. 화자는 '길가에 뿌리 박힌 채 늙어가는 역'처럼 오랜 세월이 지나서야 '왜 나는 몰랐을까' 하고 자책한다. 하지만 이 자책감은 거부가 아닌 수용으로 이어진다. 이내 곧 '너를 보낸 자리에 아무도 오갈 수 없는 역 하나 내 몸안에 지어졌으니' 어떡하느냐고 숙명처럼 받아들이고 마는 것이다. 그런 점에서 김종휘의 내재화된 결핍의 정서는 인간의 존재론적 슬픔으로도 읽힌다. 인간은 동물과 달리 고차원적 존재여서 추억을, 슬픔을, 그리움을 먹고 산다. '길가에 뿌리 박힌 채 늙어가는 역 간판'처럼 돌아오지 않을 것을 알면서도 '누군가를 기다리느라 서성거리며' 그리워하는 것이다.

> 새들이 산벚나무에 앉아 종일 노래를 부릅니다
> 나는 새들의 노래로 모자를 짭니다
> 산을 깨우는 부엉이의 노래로 코를 만들고
> 산 까치의 노래로 모자의 둘레를 짭니다
> 열정적인 곤줄박이의 노래로 챙을 만들고
> 고요하게 우는 동고비의 눈물로 방울을 맵니다
> 딱새의 짧은 노래는 박새가 길게 이어 마무리를 합
> 니다
> 오지 않을 당신을 위해 난 기꺼이
> 올겨울에도 새소리 모자를 산벚나무에 걸어 두겠습

137

니다

—「새소리 모자」 중에서

두두발이처럼 휘청거리던 봄날
곱지 않은 목소리로 노래를 부르는 직박구리
그가 보낸 답장이었나?

작년 가을에 보낸 편지 답장을 저렇게 시끄럽게 읽고
있다니
긴 겨울 소식이 없던 그가
짝도 없는 직박구리 한 마리를 내게 보내 놓고
먼 하늘만 바라볼 생각을 하니 자꾸만 그놈이 미워
졌다

—「사랑에 빠지다」 중에서

사랑이란 게 무엇인지 거기엔 일체一切를 합일合—시키는 힘이 깃들어 있다. 어떤 것을 보고 듣든지 간에 그 모든 것은 사랑의 대상을 떠올리는 계기가 된다. 「새소리 모자」는 사랑의 대상을 향한 합일의 마음이 어떻게 작동되는지를 잘 보여주고 있다. 새소리조차 '모자'로 만들어 '당신'에게 주고 싶다는 심리, 그것은 '당신'이라는 존재가 화자에게 존재의 근거가 된다는 말이고, 그리하여 '당신'이 화자의

일상을 지배하고 있다는 말이 된다. 화자는 지금 혼자서 읊조리듯 '당신'을 향한 그리움의 정서를 토로한다. 온갖 새들의 노래로 모자의 곳곳을 만들고, 그것을 '오지 않을 당신을 위해' '산벚나무'에 걸어두겠다고 다짐을 하는 것이다. 이 시는 독백 투와 서간체의 형식을 띠고 있다. 그런데 문제는 그 독백이 '오지 않을 당신'을 향한 것이라는 점과 그 편지가 '부치지 못할 편지'라는 점에서 안타까움을 더한다. 「사랑에 빠지다」 역시 직박구리의 울음소리를 사랑하는 대상과 동일화시켜 노래한 시이다. 화자는 '두두발이'처럼 살아온 사람이다. '두두발이'는 민첩하지도 유연하지도 못해 넘어지기도 잘하고 발이 빠르지 못한 사람을 일컫는 충청도 방언이다. 하지만 화자가 '휘청거리는' 건 '두두발이'여서가 아니라 사랑을 잃고 살아가기 때문일 터이다. 그런 화자이기에 '직박구리'의 울음소리를 사랑하는 대상의 '소식'으로 읽는다. 이 시의 대상은 '작년 가을에 보낸 편지'에 해를 넘겨서야 '답장'을 보내면서도 '짝도 없는 직박구리 한 마리를 내게 보내 놓고 먼 하늘만 바라볼 것'만 같은 무심한 듯 무심하지 않는 사람이다. 그 무심한 듯한 행위 속에서 우린 둘 사이의 관계를 어루만지고, 둘 사이의 사연을 상상하게 된다. 이 시는 사랑하는 대상을 원망하듯 '그놈이 미워졌다'로 마무리 짓는다. 하지만 이 세상 모든 것을 사랑하는 대상과 동일화시켜 생각하고 있는 화자의 지고지순

한 사랑의 감정을 떠올려본다면 그 또한 그리움의 역설적 표현임을 알 수 있다.

3

김종휘가 어루만지는 대상들은 하나같이 외롭고 슬프고 쓸쓸하고 불쌍한 것들이어서 가슴을 아리게 한다. 사모곡이라 할 수 있는 「달의 잔소리」는 반백 년 혼자 사신 어머니, 「내 유년의 도깨비」는 어머니의 장례식에 내려가서 본 고향, 「이사」는 정든 집을 떠나면서 홀로 남겨두어야 할 살림들을 대상으로 한다. 그 밖에도 「클레로 덴드롱」은 죽어가는 덴드롱, 「나무가 운다」는 울고 있는 나무가 대상이 된다. 그런 만큼 그것들은 하나같이 시인의 시선을 사로잡을 뿐 아니라 읽는 이의 가슴을 흔들게 된다. 그중 두 편을 소개하면 아래와 같다.

야베스 사람들은 사울 왕의 뼈를 에셀 나무 아래 장사
하고
나는 어머니를 소나무 숲 언덕 중앙에 모셨다

인적이 드문 숲속에서
먼 바다를 내려다보시며
아버지는 혼자 오랫동안 쓸쓸하셨겠다

140

어머니가 아버지 곁에 묻히던 날
내게 늘 빈칸으로 남아있던 아버지의 자리에
비로소 그 이름 석 자를 적어 넣게 되었다

간간이 내리는 비를 맞으며
붉은 흙을 파내려가던 인부들의 손길처럼
어머니의 일생도 저렇게 붉었던 걸

어머니의 세상살이가 그렇게
하루가 십 년같이 녹록하지 않았음을
이젠 아버지도 아셨을까?

초례상에서 신부를 훔쳐보는 신랑처럼
옆에 누울 어머니의 무사귀환을 바라보시던
아버지의 눈길 때문인지 등이 가려웠다

두 분은 다시 신혼처럼 손잡고 누워
못다 한 사랑을 시작이라도 할 것처럼
산기슭 안개를 끌어당겨 봉분을 덮는다

—「해후」전문

이 시는 돌아가신 부모님을 노래하고 있다. 젊은 나이에 청상과부가 된 '어머니의 세상살이'는 '하루가 십 년같이 녹록하지 않았음'을 전하고 있고, 오래전에 먼저 간 '아버지는 혼자 오랫동안' 쓸쓸히 무덤을 지키고 있었으며, 어린 나이에 아버지를 잃은 화자 자신은 '아버지'라는 말도 어색해 어머니가 그 곁으로 가서야 '아버지의 이름 석 자'를 비로소 쓸 수 있겠다고 말하고 있다. 가슴을 아리게 하는 것은 화자와 시적 대상인 아버지와의 심리적 거리에 있다. 어린 나이에 아버지를 잃은 화자는 가족사항을 쓰는 난을 '빈칸'으로 남겨둘 수밖에 없었던 쓰라린 기억을 간직하고 있다. 그런 점에서 화자는 '아버지'라는 말도 입에 잘 붙지가 않아서 어색해하고, 죽은 '어머니'가 그 곁으로 가서야 아버지의 '이름 석 자'를 비로소 부르고 적을 수 있게 되었다고 말한다. 그에 반해 어머니와의 심리적 거리는 매우 가깝다. 오랫동안 어머니의 삶을 지켜본 화자이기에 '어머니의 일생'은 무덤의 흙처럼 '붉었다' 하고, '하루'를 '십 년'처럼 녹록치 않게 살았다고 대변한다. 눈물겨운 것은 상상력으로 풀어내고 있는 재회 장면이다. 이 쓸쓸한 존재들은 살아생전이 아닌 죽어서야 해후를 한다. 아버지는 '초례상에서 신부를 훔쳐보는 신랑처럼 옆에 누울 어머니의 무사귀환'을 가슴 떨리게, 안도하는 마음으로 바라본다. 또한 두 사람은 죽어서야 다시 만나 '못다 한 사랑을 시작이라도 할 것처럼 산기슭 안개'를

이불처럼 끌어당겨 '봉분'을 덮는다. 이 시는 죽은 부모님을 대상으로 감정을 최대한 억제하여 노래함으로써 시적 울림을 배가하고 있다.

장대비가 쏟아지던 날 창경궁 통명전 마루 끝에 앉아
주룩주룩 쏟아지는 비를 구경하는데
허리 굽은 소나무 위에서 비를 맞던 까치 한 마리가 파르르
토방에 내려앉더니 빗물을 탁탁 털고 마루 밑으로 들어간다
참새가 빗속에서 톡, 톡톡 뛰어나와 까치 옆에서 선 채로 졸고 있다
백일홍 나무 분홍 꽃잎들이 빗물에 떠내려가고
마당의 잔디밭은 어느새 호수가 되었다
사마귀 한 마리 호수에서 튀어 올라오고
뒤를 이어 무당벌레가 토방으로 올라온다
마루 밑에 모여든 그들에게 어떤 협약이 있었는지
옛적 이 집에 살던 여인들은 지아비를 놓고 무섭게 싸웠다는데
까치와 참새와 사마귀와 무당벌레가
비가 오는 날이면 식구가 되어
조르르 앉아 함께 비 구경을 한다

통명전 마루 밑에 모여든 식구들과 나는
장대비 소리를 자장가 삼아 한나절 끄덕끄덕 졸다가
저녁 무렵에서야 그들에게 자리를 내어주고
시끄러운 세상으로 터벅터벅 걸어 나왔다

——「비 구경을 하다」 전문

이 시는 앞서 본 연시들과 비슷한 분위기를 연출하면서도
사랑의 대상을 떠올리지는 않고 있다. 「비 구경을 하다」는
시인의 성향과 기량을 엿볼 수 있는 작품이다. 그는 늘 '시끄
러운 세상'을 벗어나 한적한 곳을 찾는다. 그러다 맞닥뜨린
곳이 비 내리는 '통명전'이다. 이 시는 우선 비 내리는 '통명
전'의 풍경을 실감나게 그려낸다. '까치와 참새와 사마귀와
무당벌레'의 움직임 하나하나를 놓치지 않고 구체적으로 그
려내고 있다. 거기엔 여러 감각들이 동원된다. 시각 중심으
로 쓰인 이 시가 역동성을 얻는 것은 청각과 촉각이 곁들여
지기 때문이다. '통명전'의 고풍스러움은 '비'라는 사물을
만나 역동성을 얻는다. '비'는 모든 존재들을 하나로 끌어모
은다. '까치와 참새와 사마귀와 무당벌레'는 '비'를 피하기
위해 '마루 밑'에 모여들어 '식구'가 된다. 식구가 되어 마루
밑에 '조르르 앉아 함께 비 구경'을 한다. 그건 '시끄러운 세
상'에선 볼 수 없는 일이다. 이 시의 화자는 마무리에서 '시
끄러운 세상'을 언급함으로써 비 내리는 '통명전'의 풍경을

'시끄러운 세상'과 대비시켜 음미하게 한다. '시끄러운 세상'은 시인이 이 세상을 어떻게 바라보고 있는지를 말해주고, '창경궁 통명전'의 고풍스런 풍경은 시인의 성향을 떠올리게 하며, 비 내리는 '통명전'의 모습은 시인의 심사를 읽게 하는 듯하다. 김종휘는 '시끄러운 세상'을 벗어나 한적한 곳을 즐겨 찾곤 하지만 그렇다고 아름다운 풍경에 도취되어 시를 쓰는 사람은 아니다. '시끄러운 세상'이 제거된 풍경은 아름답지만 공소할 수밖에 없다. 그가 그려낸 아름다운 풍경은 잊을 수 없는 존재와 기억과 세상과 연결되어 활기를 얻고 시적 울림을 자아낸다.

4

김종휘는 신인답지 않게 숙련된 솜씨를 보여주고 있다. 태작이 별로 없을 정도로 고른 수준의 작품들을 보여주고 있고 주제의식도 뚜렷하다. 그는 외로움과 그리움을 퍼 올리는 데 익숙한 사람이다. 그의 시가 그리움이라는 내재화된 정서를 일관되게 보여주고 있는 것은 바로 그 때문이다.

이 시집 원고를 읽으며 아쉬움으로 남은 것은 한 가지. '美'에 대한 강박이 시적 실감과 감동을 종종 까먹기도 한다는 것. 때론 날것 그대로를 밀고 나가 '眞'의 세계를 보여줬으면 한다. 신인치고는 너무 세련되어 아마추어적 야성미 같은 게 좀 부족하지 않나 하는 생각이 들었다.

145

역량이 있는 만큼 향기 소진되지 않는 절윤의 시편을 많이 쓰기 바라고, 문운도 함께하길 바란다.

버려진 것들은 누군가를 기다리고

1판 1쇄 인쇄	2018년 6월 26일
1판 2쇄 발행	2018년 11월 19일

지은이	김종휘
펴낸이	임양묵
펴낸곳	솔출판사

기획편집	조소연 이신아 최찬미 임정림
디자인	박민지
경영 및 마케팅	조인선
재무관리	이혜미 김용렬

주소	서울시 마포구 와우산로29가길 80(서교동)
전화	02-332-1526
팩시밀리	02-332-1529
홈페이지	www.solbook.co.kr
이메일	solbook@solbook.co.kr
출판등록	1990년 9월 15일 제10-420호

ISBN   979-11-6020-046-1   03810

• 이 도서의 국립중앙도서관 출판예정도서목록(CIP)은 서지정보유통지원시스템
  홈페이지(http://seoji.nl.go.kr)와 국가자료공동목록시스템(http://www.nl.go.kr/kolisnet)에서
  이용하실 수 있습니다. (CIP제어번호: 2018015430)
• 잘못된 책은 구입한 곳에서 바꿔드립니다.
• 책값은 뒤표지에 표시되어 있습니다.